INVENTAIRE
Yf 10,541

AF306318

Le Petit
Homme Noir

aux Acteurs et Actrices

du

Théâtre-Français.

———◦◦◦———

A Paris,

Chez BÉCHET, libraire, quai des Augustins,
n°. 63.

1815.

Y

LE PETIT

HOMME NOIR.

Yf 10141

DE L'IMPRIMERIE DE POULET,
quai des Augustins, n°. 9.

LE PETIT HOMME NOIR

AUX

ACTEURS ET ACTRICES

DU THÉATRE FRANÇAIS.

L'art dramatique, envisagé dans toutes ses parties, a quelque chose de ravissant ; l'esprit humain, dans ses constans efforts, n'a rien produit qui lui soit plus honorable.

DIDEROT, *Réflexions sur le Drame.*

A PARIS,

Chez BÉCHET, libraire, quai des Augustins, n°. 63.

1815.

PRÉFACE.

Le Théâtre-Français est sans doute le premier de l'Europe. Les immortels ouvrages qui composent son répertoire lui ont si bien acquis ce titre, qu'il ne saurait lui être disputé. Aux noms de Corneille, Racine, Voltaire, Molière, on se sent électrisé. Les Anglais, sans doute, en disent autant de leur Shakespear ; les Allemands, de leur Schiller ; les Italiens nomment fièrement Maffey ét Alfieri. Mais tous n'en viennent pas moins au Théâtre-Français pour y admirer les belles scènes du Cid, des Horaces, de Cinna, de Pompée et de Polyeucte.

Ils conviendront qu'il n'est point de poésie qui ait plus de charme que celle de Racine, homme qui a le mieux connu l'art des vers, et qui ainsi est le plus parfait des poëtes qui aient écrit dans une langue parlée, étudiée dans toute l'Europe. Nos grammairiens ont encore été plus loin que nos guerriers.

Crébillon, ce génie original, n'a-t-il pas bien mérité le titre de *tragique né?* Est-il rien de plus mâle que ces vers prononcés par Pharasmane :

De quel front osez-vous, soldats de Corbulon,
M'apporter dans ma cour les ordres de Néron?
Ces Romains si vantés, ces superbes vainqueurs,
Ne combattent-ils plus que par ambasseurs?

C'est la flamme à la main qu'il faut, dans l'Ibérie,
Me distraire du soin d'entrer dans l'Arménie,
Non par de vains discours, indignes des Romains,
Quand je vais par le fer m'en ouvrir le chemin, etc

Les scènes d'*Atrée*, celles d'*Idoménée* ne sont-elles pas le dernier terme de l'effet tragique?

Parlons maintenant de cet écrivain fécond, varié, universel, de Voltaire! Qui peut résister au plaisir de le lire et de le méditer? Qui peut méconnaître l'élégance de son stile, la pureté de ses expressions, et ne pas convenir que tous ses tableaux sont du plus grand effet, et qu'enfin sa parfaite entente de la scène lui a valu le titre d'*auteur dramatique par excellence?* On ne peut du moins nier que Voltaire ne soit, de tous nos auteurs, ce-

lui qui a fait faire le plus de progrès à l'art qu'il idolâtrait, et
dont l'étude a occupé sa vie en-
tière. Chez ce grand homme,
j'entends dans le vaste domaine
envahi par son génie, on voit
que le philosophe, l'historien,
le romancier y cèdent toujours
le pas au poëte dramatique. Quel
homme insensible et froid a pu
voir sans émotion cette Zaïre si
tendre et si touchante? Qui n'a
frémi à la représentation de Ma-
homet ou à celle de Sémiramis?
Qui n'a pas pleuré avec Mérope,
Jocaste, Aménaïde, Alzire? Quels
vers que ceux dont se compose le
premier acte de Brutus! Pouvait-
on faire parler avec plus de di-
gnité, de grandeur; ces fameux

républicains, ces austères séna-
teurs ? Ne croit-on pas être à
Rome non corrompue , mais
naissante ; et au milieu de ces
vénérables pères conscripts dont
les fils devaient conquérir le
monde , et y faire régner les plus
mâles vertus ?

Dans *Catilina*, ou *Rome Sauvée*, qui ne reconnaît Cicéron
lorsque, protégeant la patrie et
déjouant les complots du plus
affreux de tous les conspirateurs,
il l'attaque avec cette éloquence
de l'âme, cette énergie si fami-
lière au premier des orateurs romains, au rival de Démosthène.

Nous avons nommé nos pre-
miers poëtes, voyons ceux qui les
ont suivis.

Il est au second rang encore quelque gloire,

Citons d'abord Dubelloy, homme vraiment Français, qui préférait les héros de son pays à ceux d'Athènes et de Rome. Nommons l'auteur de Warwick, de Philoctète, et de Mélanie, le premier, le plus purement écrit, et enfin le plus touchant de tous les drames. Il appartenait sans doute à l'auteur du *Cours de Littérature*, au commentateur et disciple de Voltaire, de joindre l'exemple au précepte.

Boileau, célèbre critique, a prouvé sa mission par des chefs-d'œuvres.

N'oublions point Ducis, qui a francisé Shakespear, ce génie sauvage, barbare, mais sublime !

Donnons une larme à la mémoire de l'aimable auteur de la *Mort d'Abel*, d'*Epicharis et Néron*, de la *Mort de Henri IV*. Citons *Agamemnon*, *Artaxerce*, *Hector*. Arrêtons-nous complaisamment devant le modeste, l'humble, quoique très-méritant auteur des *Templiers* et des *Etats de Blois*.... Mais déjà il nous échappe; nos regards indiscrets le troublent; il fuit dans sa charmante retraite, où l'attend quelque ouvrage commencé. Imitons-le, achevons notre préface.

Nous avons jeté un coup-d'œil sur nos richesses tragiques ; il est d'autres trésors, d'autres titres de gloire, et Thalie, chez les Français, ne le cède point à

Melpomène. Un nom fameux s'offre d'abord. Molière ! génie fécond, scrutateur du cœur humain, vrai sage, peintre des mœurs, et enfin digne protégé de Louis-le-Grand. *On convient, dit J.-J. Rousseau, que Molière est le plus parfait auteur comique dont les ouvrages nous soient connus.* Je me garderai bien de faire l'énumération de ses chefs-d'œuvres, ce serait outrager le lecteur, qui s'écrierait de pitié : Eh ! maudit Petit Homme Noir, crois-tu donc que je ne les connais pas, que je n'en admire pas chaque jour les beautés ? Il ne reste plus rien à dire sur cet étonnant génie, il a épuisé l'admiration.

Regnard le suit de bien près. Ce poëte vagabond, ce voyageur intrépide, de retour de ses courses lointaines, crut devoir consacrer sa vie, non à l'instruction des hommes, mais seulement à leurs plaisirs. La facilité de sa versification, la vivacité de son dialogue, son inaltérable gaîté, voilà les titres de gloire de Regnard, qui a eu pour imitateurs les Dancourt et les Le Sage, auteurs justement décriés par les moralistes ; auteurs que Jean-Jacques, toujours armé contre les vices, qu'il ne cessa de combattre , a signalés comme des pestes publiques.

Honneur à Destouches, à son talent tout particulier. Destouches badine sans blesser; il éclaire en amusant, et quelquefois fait naître en vous un doux et même un très-vif intérêt. Jamais avec lui l'honnête homme ne rougit d'avoir ri.

Piron n'a fait qu'une comédie, mais c'est un chef-d'œuvre. Nous ne parlerons point de ses autres ouvrages; ils sont jugés. Nous ne voyons que sa Métromanie.

Boissi a beaucoup écrit, mais il est presque oublié. On ne joue plus que ses *Dehors Trompeurs*, bonne comédie, quoiqu'un peu froide.

Colin d'Arleville a vécu; plusieurs de ses ouvrages sont restés au théâtre, où ils reparaissent assez souvent.

Fabre d'Eglantine doit à Jean-Jacques l'idée de son *Philinte de Molière;* ouvrage tout tracé dans la fameuse *lettre à d'Alembert sur les Spectacles.* Il y a de belles scènes dans ce Philinte, ainsi que dans les *Précepteurs.* L'*Intrigue épistolaire* est aussi un ouvrage non seulement agréable, mais original, et très-bien intrigué. Sans l'esprit de parti qui ne cessa de dominer d'Eglantine, de l'égarer, et qui enfin le perdit; ce *poëte, plus poëte,* eût laissé quelques bons ouvrages. On ne peut occuper en même temps, et avec un égal succès, et la tribune et le théâtre.

Sommes-nous pauvres maintenant? ne nous reste-t-il plus que des souvenirs? Parler ainsi serait le comble de l'injustice et de la déraison. Ce siècle a aussi son Molière, comme lui comédien, directeur et auteur; comme lui laborieux, infatigable; chaque ouvrage qu'il publie lui est payé par des succès. Il a renoncé aux jeux scéniques, et les espérances fondées sur lui comme auteur se sont réalisées. Ce poëte comique ne marche pas seul dans la carrière; il y rencontre souvent d'honorables rivaux. L'auteur des *Deux-Gendres* est sans doute un talent du premier ordre. En vain la calomnie, acharnée après lui, a voulu lui ravir le fruit de ses travaux; en vain elle a été découvrir, jusque dans la plus vile friperie, les plus misérables lambeaux, pour prouver qu'ils avaient servi de modèles à un ouvrage qui véritablement n'appartient qu'à l'auteur ingénieux qui l'a créé; ouvrage plein de verve et de cette énergie de style que l'on ne remarque que dans les écrits des grands maîtres. D'autres productions ont été publiées par cet auteur, si indignement traité. Chaque jour on va voir représenter *Joconde*, *Janot et Colin*, *Cendrillon*, et autres charmantes productions, qui nous rappellent le faire tout gracieux des Marmontel et des Favart. Enfin l'auteur des Deux-Gendres est maintenant connu pour *un homme qui peut créer;* on n'ose plus l'accuser de plagiat. Mais en voilà assez sur les auteurs; passons à leurs interprètes.

Nous ne parlerons point de Baron, le Kain, Brizard, Molé, Préville; ils ne sont plus. Nous ne rappellerons point le Couvreur, Clairon, Duménil, Joly; ces femmes justement célèbres ont disparu. Deux auteurs connus par des succès ont consacré quatre volumes (1) à la louange de ces premiers maîtres dans l'art de peindre et d'exprimer les passions. Il ne nous reste donc qu'à parler aux acteurs et actrices qui maintenant sont les

______

(1) *Histoire du Théâtre-Français, depuis le commencement de la révolution jusqu'à la réunion générale*, par MM. Etienne et Martainville. 4 vol. in-12. Chez Barba, Palais-Royal.

soutiens du Théâtre-Français, et c'est ce que nous allons nous permettre.

Un fat, un maître-clerc, sans craindre le holà,
Peut aller au parterre attaquer Attila,
Et si ce roi des Huns ne lui charme l'oreille,
Traiter de Visigoths tous les vers de Corneille.

Je vais donc parler à mon tour; on ne me reprochera point de *ne pas être du métier :* j'ai été sifflé et applaudi, hué et demandé après la pièce. J'ai figuré à côté de Molé et de Monvel. J'ai reçu des leçons de tous deux. J'ai vu tous les principaux théâtres de France, d'Italie et d'Allemagne; enfin j'ai ce que l'on appelle *cabotiné.* Maintenant je vais juger mes maîtres, et hardiment; car je ne crains pas qu'ils me reconnaissent. Du haut de leur grandeur tragi-comique ils n'ont jamais aperçu le *petit homme noir* et certes ils n'iront pas le relancer dans son galetas ; d'ailleurs qu'aurais-je à en craindre ? Rien de plus pacifique que ces terribles héros de théâtre. Le *maître d'armes* (1) du Bourgeois-Gentilhomme est le seul que le *petit homme noir* devrait redouter ; car il se pourrait qu'il voulût lui donner une leçon de tierce et de carte. Mais alors celui-ci l'appaiserait en lui disant, de garder pour la scène, cette sublime ardeur, à laquelle il cède trop rarement.

---

(1) On sait que Després excelle dans ce rôle.

LE PETIT

HOMME NOIR

AUX

ACTEURS ET ACTRICES

DU THÉATRE-FRANÇAIS.

ARTICLE Ier.

Au sombre, terrible et vraiment
tragique Talma.

TALMA, je te reconnais pour être
en France le créateur du costume,
et l'artiste vraiment éclairé. S'en-
foncer dans la nuit des temps, y
étudier les mœurs des anciens, con-
sulter les monumens des arts, feuil-
leter les antiques annales, s'appe-

2

santir sur des détails minutieux en apparence, mais réellement importans ; voilà, Talma, ce que tu as fait par amour pour le bel art auquel tu t'es livré avec la plus grande ardeur. Mais au milieu de tant de soins, une partie, la plus essentielle de l'art dramatique, a été négligée par toi ; la diction. La tienne, tu dois en convenir, est fausse. Eblouir est ton but ; mais, pour l'atteindre, que de petits moyens, de charlatanisme ! Est-il de principes de sacrifier vingt vers pour en faire valoir un, de t'entourer sans cesse du prestige de la fantasmagorie ? Pourquoi toujours cet air rêveur, méditatif, inspiré ? pourquoi surtout cette lenteur assommante, et qui complaisamment se traîne sur un alexandrin ? Est-ce là le ton de la nature ? est-ce ainsi que parlaient tant de héros que tu représentes avec succès? car le succès aussi couronne les fausses entreprises.

Quoi qu'il en soit, Talma, tu as fait faire un pas à l'art dramatique. Melpomène avait de la majesté, de la grandeur ; mais elle se reposait trop ; et à force de se familiariser avec Thalie, elle avait fini par rire comme elle. Les héros tragiques raisonnaient, conversaient ; contens de se fâcher à la fin du cinquième acte, ils se disaient gravement : Nous avons atteint le but. Ils se trompaient ; et c'est toi qui leur a prouvé cela. Je ne dis rien que d'exact et de fondé sur la vérité. Cependant ta gloire est obscurcie, et par toi-même. On t'accuse d'avoir préféré Shakespear à Corneille, à Racine, à Voltaire. Je serai plus équitable.

Les auteurs qui, pour se préparer des succès, étudient et tâchent de s'approprier le faire de chaque acteur, ont songé à fouiller dans les vingt volumes de Sakespear. Ils en ont tiré les *Hamlet*, les *Othello*, etc., et t'ont présenté leur travail, qu'ils savaient bien que tu accueillerais. Le public, avide de nouveauté, et qui va toujours criant *du neuf, n'en fût-il plus au monde*, a applaudi à l'innovation ; car c'en était une sans doute, de préférer aux auteurs nationaux le tragique anglais, plein d'étonnantes beautés, mais rebutant par ses nombreux défauts. Pour faire valoir toutes ces monstruosités anglaises, il a fallu prendre un ton dolent, sépulchral ; se faire une diction traînante, où se trouvent çà et là quelques points de repos d'un grand et bel effet, mais trop achetés ; semblables à ces longs et diffus ouvrages dont on ne retient par cœur qu'un épisode, un trait saillant.

Talma, on cherche à t'imiter, et l'on a grand tort. On ne songe pas qu'il faudrait d'abord être toi ; qu'il faudrait avoir ta belle tête, ton regard expressif et vraiment tragique ; qu'il faudrait surtout avoir ton organe. dont la perfide et séduisante redondance a charmé tant d'oreilles, et les charmera encore long-temps. Ce qu'il faudrait imiter de toi est précisément ce qu'on ne pourra saisir, et que l'on devrait te laisser en toute propriété.

Talma, n'use pas toi-même ta réputation ; *ne te retire pas trop tard du théâtre.* Imite l'Ermite de la Chaussée-d'Antin, qui s'est tué à temps. Un Anglais de mes amis, et petit-neveu du célèbre Young, me charge de t'adresser ses remercî-mens. Lors de ton voyage à Montpellier, tu as fait élever un monument à Narcisse, fille adoptive du vieillard, qui de ses mains débiles lui avait creusé une fosse, voulant soustraire la beauté aux outrages d'un peuple fanatique. Talma, ce trait de grandeur d'âme est la gloire de ta vie. (1)

____

(1) *Il existe une gravure qui le rappelle, je le sais, je l'ai vue; mais je ne la vois plus nulle part. Les partisans de Talma, ou des belles actions, l'auraient-ils accaparée? Cela leur fait honneur et me fâche, car je la cherche depuis long-temps.*

ARTICLE II.

A la séduisante, la sémillante, la folâtre, et enfin l'inconsidérée Bourgoin.

Oui, Bourgoin, la fortune vous a gâté ; elle a ôté à votre âme son ressort, à votre zèle son activité, à votre amour pour votre art son élan et son énergie. Un organe doux et touchant, une tête charmante, de la finesse et de la candeur dans le regard, une taille toute gracieuse, voilà vos vrais avantages ; vous leur devez le rang que vous tenez à la Comédie-Française, parmi les princesses et les jeunes premières ; mais par le talent vous deviez aller plus loin. Vous avez trop cédé à l'exemple. Vous pouviez être vous, avoir un ton naturel et vrai, un débit vif, accentué, et faire triompher la chaleur du sentiment, qui seule anime le spectateur et lui fait prendre part à l'action. Vous ne l'avez pas voulu. Le ton dolent vous a séduit, il vous offrait du repos ; vous ne songiez point que par lui vous alliez rentrer dans la classe des talens secondaires. La vraie gloire est ennemie de l'indolence ; *elle veut des âmes ardentes, impétueuses ;* elle veut non seulement des êtres passionnés, mais *des idolâtres.* Vous autres artistes, dans vos débuts, vous promettez du zèle ; vous faites deviner du talent, vous vous évertuez. On croit pouvoir tout attendre de vous ; mais à peine reçus, *à peine heureux,* vous vous en tenez à la routine. Vous faites votre métier.

Bourgoin, voilà de dures vérités; ce n'est pas tout pourtant. Iphigénie, ce rôle charmant, si bien tracé, comment le jouez-vous? Quelle froideur! quelle lenteur! comme vous faites traîner ces beaux et harmonieux vers! comme vous les dénaturez! Quoi! parce qu'Iphigénie est douce, timide, réservée; faut-il la rendre langoureuse, minaudière? Vous, Bourgoin, qui promettiez tant; vous, si bien traitée par la nature; vous qui, dans les foyers, êtes si vive, si pétulante, vous laissez, en entrant sur la scène, tout ce beau feu, tout ce charme d'un naturel heureux. Ne dites pas que le public vous intimide; on ne vous croirait plus.

Le besoin ne vous talonne point; votre temps est bien à vous; travaillez donc; et, pour que ce soit utilement, dites-vous : Je suis sur le premier théâtre, non-seulement de la France, mais de l'Europe ; mais du monde entier. Alors vous aurez de l'émulation, le public s'apercevra de vos efforts, et, électrisée par ses applaudissemens, il vous viendra en scène de ces heureuses inspirations, vraies bonnes fortunes du talent, et sa marque certaine.

Buffon, dans son cabinet à Montbar, lieu consacré, et appelé par Jean-Jacques, *le berceau de l'Histoire Naturelle* ; dans ce lieu, dis-je, Buffon, avant de se mettre au travail, contemplait respectueusement le buste de Newton. Vous, Bourgoin, vous n'avez point de buste à contempler ; seulement, il faudra vous rappeler que vous êtes du Théâtre-Français. Une simple idée, lorsqu'elle est lumineuse, vaut mieux qu'un gros livre où il n'y a que des mots. Or, écoutez cette dernière vérité que je vous adresse. Bourgoin, vous n'êtes point tragique ; ne fréquentez que Thalie , car ce n'est que près d'elle que vous réussirez. De plus, ne vous entourez point de tous ces batteurs de métier, ils vous nuisent. Peu d'applaudissemens , mais bien mérités. Eh !.....

Qu'est-ce qu'un bien qui pèse à la délicatesse ?

ARTICLE III.

A Lafon.

ARTISTE honnête, bon fils, homme vraiment sociable, je t'ai toujours aimé ; toujours j'ai applaudi à ton amour pour ton art, à ton émulation, à ton zèle ; je n'ai point cessé de préconiser la pureté de ta diction, la sagesse de ton débit, la rare énergie que tu sais montrer dans nombre de rôles. Ta manière de dire est simple, vraie et toujours animée ; car c'est peu de dire purement si l'on est froid, si une sorte de chaleur d'âme n'est répandue sur le discours. Tu es donc, Lafon, ce que l'on appelle *un beau diseur ;* mais ce n'est pas assez : il faut de l'action à la scène ; il faut peindre.

Bien dire n'est que le premier devoir de l'acteur. Reste le coloris, les moyens d'exécution, la pantomime du rôle. Bien dire est peu pour l'homme intelligent qui a un bel organe, une oreille juste et sensible à l'harmonie des phrases. Bien dire n'est rien pour l'homme fait qui connaît le jeu des passions et la valeur des mots. Ne pas se tromper sur la profondeur d'un vers, bien comprendre une pensée, la bien analyser, le beau mérite ; l'artiste a bien autre chose à faire.

Que te faut-il, Lafon, pour être le premier dans ton art ? est-ce le physique ? le tien est superbe, à ton œil près, qui est trop couvert. Est-ce l'organe ? le tien est sonore lorsque tu t'abstiens de le forcer et de l'érailler par des cris. Sont-ce tes gestes ? les tiens sont arrondis, gra-

cieux, mesurés ; et bien d'après les
austères lois de l'équilibre et de la
pondération. Tu as avec une belle
tenue, de belles poses, et ce qu'on
appelle vulgairement de l'aplomb ;
tu as donc tout? Non.

Il te manque de savoir te modé-
rer. Presque toujours tu oublies que
les tragédies sont en cinq actes ; tu
fais feu et flammes d'abord, tu ton-
nes, tout tremble sous tes lois ;
mais bientôt ton organe perd de
son éclat, ta figure devient rouge,
ce qui est un grand inconvénient ;
tu respires à peine, la sueur ruis-
selle sur ton visage ; alors on voit
l'acteur fatigué, le spectateur souf-
fre, l'illusion est détruite, et le but
est manqué.

Lafon doit être supérieur, il n'est
point pour lui de second rang ; il
s'est trop bien tenu au premier.
Qu'il s'évertue donc, se ménage,

se modère; qu'il songe que le spectateur, prévenu favorablement pour
lui, lui laisse tout le temps nécessaire pour trouver de beaux et
grands effets, ces transitions heureuses, le vrai *je ne sais quoi* du
théâtre. Lafon a tout pour primer;
Lafon est appelé à entretenir le feu
sacré, à transmettre les bonnes traditions, et à laisser non *trace d'homme,* comme disait Marmontel, ce
qui *est la plus grande des chimères,*
mais un nom respectable au théâtre.

ARTICLE IV.

A Fleury.

QUE ce puissant de quatre jours, étonné de se voir une épée au côté, un chapeau sous le bras, et l'habit brodé pour vêtement ; que cet homme qui se voit obligé d'entrer dans un salon où trente personnes vont avoir l'œil sur lui, et qui, riche veut et doit avoir de la ~~tour~~nure ; que cet homme qui enfin n'était rien et veut paraître quelque chose, aille trouver Fleury, et lui dise : Grand comédien, apprenez-moi à porter l'habit brodé. Donnez-moi le bon ton, les belles manières, les grâces naturelles, et surtout cet aisance qui distingue l'homme bien né d'avec celui qui est sorti des derniers rangs de la société. Fleury sans peine et sans effort, va lui enseigner tout cela.

Oui, Fleury, tu es le comédien par excellence ; mais pourtant cesse de t'obstiner à conserver certains rôles. Rends-toi justice, cède les Moncades, les chevaliers, les jeunes foux ; tu y deviens trop sage ; mais garde à jamais le Tartuffe, le Misantrope, Frédéric II. Garde ces beaux et grands rôles créés par Molière ; ne permets point que l'on t'y double ; honore Molière comme Molière honore Fleury. Fais plus, conserve aussi certains petits rôles exquis, un marquis du Legs, par exemple. Tu sais que ton nom sur l'affiche va appeler non tout un peuple, mais l'élite de ce peuple, mais le petit nombre qui pourtant n'est pas si petit à Paris, où toujours

Fleury paraissant, voit *salle pleine.*

Cependant avant d'avoir atteint le déclin de l'âge, avant d'avoir fait retraite, songe au jeune homme qui suit tes traces, transmets-lui tes secrets; ne fais point comme Monvel, qui avec lui a emporté tous ses trésors, l'acquit d'un long travail et d'une longue expérience.

ARTICLE V.

A mademoiselle Mezeraï.

QUE celui-là est coupable, qui, favorisé de la nature, ne la justifie point par une noble émulation et de généreux efforts. Si, par exemple, une personne toute charmante, toute gracieuse, toute spirituelle, et qui aurait vu les mortels séduits entourer son char ; si cette personne, se livrant à un art très-séduisant, y avait apporté d'abord une étincelle de talent, et qu'on y eût applaudi ; cette étincelle eût pu assurément être suivie de mille autres, et des faisceaux de lumières eussent pu éblouir les esprits, et embrâser les cœurs. Mais l'étincelle est toujours demeurée étincelle ; le talent naissant s'est peu élevé ; et une actrice qui eût dû faire époque, s'est contentée de quelques succès ordinaires.

Mézerai, rien n'est plus gracieux que votre personne à la ville ou sur le théâtre ; qui vous voit marcher, dit, voilà une déesse ; qui vous entend est séduit par la douceur de votre voix ; qui est regardé par vous doit comprimer les mouvemens de son cœur. Mais s'il est un de ces vieux habitués du théâtre, il se dit, avec dépit, pourquoi cette personne n'a-t-elle pas désespéré toutes ses concurrentes ? elle le pouvait. Nulle femme, nulle beauté ne devait l'éclipser : née, pour ainsi dire, dans les coulisses de la Comédie - Française , elle pouvait s'en approprier tous les secrets , toutes les traditions. Par tant d'a-

vantages , de stimulans , elle pouvait être l'astre brillant , éclipsant ;
elle s'est contentée d'être..... Mézerai, heureuse par caractère , tranquille par goût , désœuvrée par habitude , et qui s'est fait une sorte
d'existence toute libre , toute indé-
pendante du travail qu'elle á toujours abhorré. La déesse de l'indolence l'avait chargée , sans doute ,
de la représenter sur la terre..

Mézerai , si vous me trouvez cha-
grin et insultant , vous avez tort.
Montrez-vous plus souvent sur la
scène , et tout discord cessera entre
nous. Cherchez dans ce riche et an-
cien répertoire , sortez-en quelques-
unes de ces pièces charmantes, que
l'on désire et qui sont vraiment nou-
velles pour notre génération. Faites
plus , réclamez quelques rôles que
trop complaisamment vous avez
laissé prendre à l'activité ambi-

tieuse qui, à la dérobée, s'empare de vos droits. Dites: J'ai assez reposé. Tremblez, rivales ! Mézerai va vous prouver qu'elle est toujours au premier rang. Elle a vu les beaux jours du Théâtre-Français ; elle s'est trouvée en scène avec Molé, Monvel, Dazincourt et Dugazon ; elle a vu Contat, et peut la rappeler par une heureuse imitation.

Quelle gloire alors! quelle ivresse pour les vrais amateurs de la bonne comédie, c'est-à-dire les hommes les plus éclairés et d'un goût vraiment exquis! La haute comédie sera toujours le désespoir de la médiocrité. Il n'y a rien de plus difficile à faire et à jouer qu'une bonne comédie. Ne voyons ici que la représentation, puisqu'aussi bien nous parlons à Mézerai. Dans le drame on se sauve avec de la chaleur, du mouvement ; dans la tragédie, grâce à des attitudes étudiées , des gestes mesurés , une gravité soutenue , et l'avantage du costume , on peut déguiser la gêne, la gaucherie ; mais dans la haute , la bonne comédie , il faut payer de sa personne ; il faut de l'aisance , du naturel ; il faut agir , parler sans paraître contraint ; il faut forcer les spectateurs à s'étudier , se corriger tout au moins de leurs défauts extérieurs. Il faut en imposer dans ces beaux rôles où l'auteur a eu dessein de représenter l'homme de cour dans toute sa perfection , et vraiment décoré de ce vernis social si propre à remplacer des vertus dont on se rit , et à tenir lieu du vrai mérite que l'on a négligé d'acquérir.

Pour réussir dans la haute comédie , il faut avoir reçu une éducation brillante ; il faut *avoir fréquenté les salons*, s'être trouvé souvent à

des réunions choisies, composées
de jeunes gens aimables, d'hommes
faits, de femmes charmantes, co-
quettes même ; car la coquetterie
ne va jamais sans les grâces. Il faut
aussi un grand fond de suffisance,
un ton bien dédaigneux ; il faut faire
de soi-même son idole, dédaigner,
critiquer, trancher ; avoir souvent
l'ironie sur les lèvres, être causti-
que, mordant, railleur ; fouler la
terre avec audace, avec fracas ; et
enfin, tout faire, tout dire, comme
dit et fait l'homme de bon ton.

N'est-il pas vrai, Mézerai, qu'une
réunion de tant d'avantages et de
défauts ne contribuera pas peu au
succès de l'homme qui se destine à
jouer non la tragédie, non le drame,
mais la bonne comédie ? Au revoir,
adorable insouciante.

ARTICLE VI.

A Saint-Prix.

Oui, c'est à lui que je m'adresse maintenant ; je parle à ce comédien fait, et qui, par ses formes musculeuses et la beauté de son organe, nous étonne, nous rappelle ces gigantesques héros qui remplissaient le monde du bruit de leurs exploits. Qu'il est imposant ! qu'il est beau ! Voyez-le dans Mithridate ! Remarquez comme au seul nom des *Romains* la fureur éclate dans ses regards ; voilà bien ce terrible roi de Pont. Admirez-le dans Bayard ; partagez son indignation dans le vieil Horace ; entendez-lui prononcer ce fameux *qu'il mourût !*

Je doute qu'aucun acteur puisse rendre avec plus de vérité que Saint-Prix, le rôle tout particulier de *Caïn*. Il l'a créé d'une manière si savante, il s'y est montré si jaloux, il s'est si fortement pénétré de ce caractère farouche, agreste, qu'il a laissé dans l'âme des spectateurs des impressions qui s'en effaceront difficilement. Tous frémissaient dans le moment où, se contenant à peine, Caïn crie : *Va-t'en! va-t'en!...* Et dans cet autre moment où, plus terrible encore, le monstre dénaturé adresse à sa famille assemblée, ces paroles blasphématoires :

Je ne suis plus pour vous époux, ni fils, ni frère ;
Je suis Caïn !!!

Quelle scène ! quel tableau ! Porporati (1) n'a pas mieux fait.

(1) Tout le monde connaît la magnifique gravure de la mort d'Abel, publiée en 1776

Saint-Prix, toute médaille a son revers ; pourquoi, après avoir produit de si grands effets , deviens-tu si froid , si monotone ? Un grand poëte peut sommeiller après le travail, puisqu'il n'est pas sous les yeux du public ; mais sur la scène il faut se tenir éveillé. Pourquoi aussi ce ton lent dans les premiers actes ? Pour ménager tes moyens , diras-tu, cela est sage et bien entendu ; mais il y a quelquefois de l'excès : c'est

---

par Porporati , graveur du roi de Sardaigne : cet artiste estimable, embarrassé pour l'épigraphe qu'il devait mettre au bas d'un sujet si grave et si touchant , alla trouver le philosophe de Genève, qui alors était à Paris dans un galetas avec sa Thérèse ; Jean-Jacques , après quelques instans de méditation , donna au graveur ces paroles si bien appropriées au sujet :

Prima mors , primi parentes, primus luctus.

du moins ce que disent les habitués, et j'avoue qu'ils ont quelquefois raison.

Saint-Prix, je n'ai point oublié un défaut très-grand, et que l'on remarque encore en toi ; c'est un jeu tellement méthodique, tellement uniforme dans certains rôles, que l'on pourrait dire d'avance, et scène par scène, Saint-Prix va faire tel geste, il va marcher, s'arrêter, dépasser telle planche, prendre telle pose ; regardez-le bien ; tout était calculé d'avance. Oh! que celui-là est bien plus maître de nos cœurs, qui sait joindre l'égarement à la passion, et ne tirer ses effets que des sentimens dont il sait se pénétrer.

Souvent un beau désordre est un effet de l'art.

Saint-Prix, tu es un bon acteur, un comédien consommé. Mais tu ne te livres pas assez, tu ne sais pas

combien on t'aime , combien on attend de toi ; enfin , sache que l'on
est attristé quand on te voit hésiter
entre la médiocrité supportable et
le sublime imposant.

Eh ! qui sera sublime , si ce n'est
Saint-Prix ! Qui aura de beaux mo-
mens , d'heureuses inspirations ,
qui fera illusion..... si ce n'est cet
acteur , ce digne et fier appui du
Théâtre Français? Saint-Prix, je suis
ému à ton aspect, je crois voir tous
les héros de l'antiquité, depuis Her-
cule jusqu'à Philopemen. Saint-Prix,
tu es jeune encore, tu aimes ton art,
tu as de l'émulation , une conduite
sage ; le vrai, le beau idéal paraît
quelquefois enflammer ton imagi-
nation, agrandir ton être. Eh bien !
sors de la ligne que ta main timide
a tracée ; romps , brise , prends ton
élan ; ne crains rien , la carrière est
longue. Que dis-je ! elle n'a point de

fin. Saint-Prix, *ne dis pas si bien ;*
ne sois pas si beau roi de théâtre,
point de si belles poses, cela t'est
trop facile ; sois Saint-Prix *lorsqu'il*
ose être sublime.

ARTICLE VII.

A la divine Mars.

PARDON de l'expression, oui, belle ingénue, pardon : ô que j'ai de regret de n'être qu'un pauvre *petit homme noir !* Pourquoi n'est-il pas en mon pouvoir de rappeler à la vie certains hommes célèbres ! quel parterre je composerais à mon actrice de prédilection ! quelle gloire ! On entendrait un Voltaire, un Montesquieu, un prince de Condé, un Voiture, un Saint-Evremond, un Racine, un Molière, un Boileau, un La Fontaine, et même le contempteur de l'art du théâtre, Jean-Jacques enfin, s'écrier dans ce parterre, l'élite des parterres

passés, présens et futurs : « Voilà
» l'intéressante Mars, contemplons
» la douceur de ses traits, la dé-
» cence de son maintien ; prêtons
» l'oreille au charme de sa voix,
» admirons ce modèle parfait de
» naïveté, de candeur, d'ingénuité ;
» en elle se trouve réunis tous les
» avantages d'un sexe enchanteur,
» fait pour régner à jamais sur l'au-
» tre par l'amour et par la vertu. »
Oui, tous ces fameux spectateurs
diraient cela. Les Champs-Élysées
seraient déserts ; toutes les ombres
seraient au théâtre, même celles de
Fénélon et de Bossuet. Qu'elle est
désirable cette considération que
donne un beau talent ! Appelez-la
comme vous voudrez, réputation,
gloire ; elle n'en sera pas moins
digne de l'émulation de quiconque
se reconnaît du zèle, et dont l'âme
grande, généreuse est dominée

pourtant par ce besoin de la considération publique. Qu'a fait Mars pour parvenir à ce degré d'estime, et porter ainsi l'enthousiasme dans tous les cœurs? elle s'est fortement pénétrée de ses devoirs d'actrice ; elle s'est dit, et cela sans vanité : La nature m'a douée des principaux avantages qui distinguent mon sexe, je n'ai qu'à vouloir, et tous les obstacles disparaissent. L'art que j'idolâtre va m'être enseigné par un homme qui l'a illustré. Cet homme est mon appui, mon guide, mon père. Sa rare intelligence sera pour moi comme une vive lumière qui, en m'éclairant à chaque pas, ne me laissera point le temps de me fourvoyer. Mars a dit cela. Elle a invoqué le nom de Monvel, non une fois, mais souvent, mais sans cesse ; et une si heureuse émulation a produit ce que nous admirons... Mars.

ARTICLE VIII.

*Au doucereux, mielleux, mais sage,
mais aimable Saint-Phal.*

QUEL est cet acteur de moyenne
taille, à la démarche lente, à l'organe
un peu voilé ; cet acteur qui a essayé
de tout, a été bien partout, mais seulement bien ; jeune premier et raison-
neur un peu froid, et maintenant père
noble un peu froid aussi ? Mais cet
homme pourtant a un grand avantage, c'est qu'il est lui, c'est qu'il
ne copie personne ; c'est que son
faire est tout particulier ; c'est qu'enfin cet acteur a l'avantage d'avoir ce
que l'on appelle des défauts aimables. Paraît-il dans le *Vieux Céli-
bataire*, ce n'est point Molé, assu-

rément; mais c'est bien un céliba-
taire , et que l'on aime tout autant
que l'autre.

Pourquoi toujours comparer ,
rien n'est plus ridicule , plus niais
que cette manie, qui force les jeunes talens à se borner à l'imitation.

Saint-Phal n'est pas bourru, et
rien en lui n'annonce l'impatience ,
la brusquerie , la colère ; pourtant
il a osé se charger du rôle du *Bourru
Bienfaisant*. Alors les hommes à
comparaison , après avoir un peu
bourdonné , n'ont plus songé qu'à
jouir.

Il y a parmi les comédiens, comme
parmi les littérateurs, des talens du
second ordre : c'est là que l'on clas-
sera celui de Saint-Phal. Mais qu'il
ne s'afflige pas, qu'il ne s'irrite point;
ce n'est pas une si humiliante déno-
mination que celle de *ce second ordre*. Là est l'utile , l'urgent , l'indis-

pensable ; c'est là où l'on revient le plus souvent.

Non, Saint - Phal, point de sublime ; va toujours terre à terre, arrive tout bonnement, uniment au bord de la scène, tu y seras toujours bien accueilli, toujours tu verras les fronts s'épanouir à ton aspect. Que puis-je dire de plus ? Saint-Phal, tu es le *La Fontaine du Théâtre-Français.*

ARTICLE IX.

A mademoiselle Georges.

TOUT ce qui est calculé, préparé, combiné, est toujours froid, et, dans les arts, le comble de la maladresse est de laisser voir le travail. Que m'importe ce brillant costume, ce velours, cet or, ce clinquant, cette pretintaille ; que m'importe ces poses étudiées, cette entrée brusque et gauchement arrondie, ce silence inutilement prolongé ; calcul, métier que tout cela ; il faut d'autres traits pour arriver à mon âme et la pénétrer.

Jeune et belle écolière, avez-vous cru que c'était une tâche peu pénible à remplir, que celle que vous vous

imposiez en vous chargeant des premiers rôles, et en seriez-vous venu
à cet aveuglement de vous croire à
la hauteur des sentimens d'uneEmi-
lie, d'une Sémiramis et d'une Phèdre ? De grâce, Georges, point de
courroux, je ne suis qu'un pauvre
petit homme. Cependant, écoutez-
moi.

Votre organe est peu agréable,
vous ignorez entièrement l'art de le
moduler, et c'est bien rarement que
vous êtes au diapason de la scène.
En votre qualité de reine, vous
croyez toujours devoir parler plus
haut que toutes les personnes qui
vous entourent. Qu'est-ce que ces
tris, ces braillemens à vos sorties
dans le rôle de Clytemnestre? Pourquoi ces poings fermés en parlant
au grand Agamemnon, le roi des
rois, et plus encore pour vous,
votre époux ? Quoi! dans un camp,

en présence de mille guerriers, mille
héros grecs, vous avez les poings
fermés, là tête au vent, la poitrine
haletante : vous êtes mère, direz-
vous ; mais en devez - vous moins
rester dans les bornes du devoir, et
respecter l'époux qui vous montre
une douleur calme et réfléchie ?....
Cependant quand, après toutes ces
fautes marquantes, vous entendez
les applaudissemens , vous vous
croyez l'actrice par excellence ; dès
lors plus de frein , le mauvais goût
triomphe , le faux prend la place du
vrai, la nature est défigurée par
l'art, et l'homme éclairé.... rit.

Oui, Georges, oui., belle personne, oui vous n'aurez jamais qu'un
talent faux, si vous ne vous armiez
au plutôt contre vous - même, si
vous n'apprenez à mieux moduler
les sons de votre voix, si vous ne
réglez pas mieux vos gestes, si vous

tenez toujours à ces poses forcées.
Les échasses n'ont jamais grandi
personne, mais presque toujours
elles font tomber les sots qui s'y
guindent.

Faut-il vous dire plus? vous paraissez l'ennemie du naturel, vous
seriez fâchée de raisonner un rôle
et de ne pas forcer la voix. Le mé-
dium est pourtant d'un grand effet ;
Talma vous le prouve. Que j'aime
ces sons qui sortent de la poitrine!
comme ils sont pleins! et ces vrais
accens de l'âme, comme ils pénè-
trent! tandis que ceux qui partent
de la tête ne sont rien que glapis-
sans et désagréables.

Voilà de dures vérités, sans doute;
mais combien il m'est facile de me
réconcilier avec vous! combien il
m'est doux de pouvoir m'écrier : Il
y a compensation! Je vais me com-
plaire à vous dire tout ce que je

pense sur les qualités qui en vous rachètent les défauts que j'ai remarqués avec trop de rigueur, peut-être ; pourtant je l'ai cru nécessaire. On n'a pasu n plus beau physique que le vôtre, Georges, un œil plus expressif, une plus belle tête, de plus beaux bras. Je vois bien en vous la taille, le port et la fierté d'une reine. Je saisis aussi, et souvent, des intentions si justes, qu'elles me découvrent une rare intelligence. Il ne me serait même pas difficile de prouver que ce qu'il y a en vous de défectueux, ne vient que du public. J'entends de cette portion d'hommes enthousiastes qui, sans penser, réfléchir, crie, s'agite, et reconnaît le beau où il n'est pas, où il ne sera jamais.

N'écoutez que le petit nombre ; ne suivez que ses sages avis. Enfer-

mez - vous souvent avec Racine ,
Corneille et Voltaire ; lisez et réli-
sez sans cesse ces trois tragiques.
Rendez-vous compte, non une fois,
mais dix, mais cent fois de la valeur
de tel ou tel vers ; étudiez surtout
l'art des transitions, art si difficile
et pourtant si nécessaire , puisque
seul il vivifie la diction , les transitions sont les éclairs du discours.
Qu'est-ce qu'une tirade de vers dite
sur le même ton , sans nuances, sans
repos, *sans transitions ?* Rien n'est
plus insipide , et je ne redoute rien
tant que l'arrivée de certains confidens qui viennent faire de ces récits
très-beaux à la vérité , mais très-
ennuyeux, grâce à la monotone diction des timides ou prétentieux di-
seurs, qui râlent , crient ou se font
à peine entendre. Je reviens à vous,
belle , qui certes n'êtes pas timide.

Humanisez-vous , appelez le naturel à votre secours , exercez votre organe ; rendez-le flexible, onc-
tueux , doux ; forcez-le à arriver à
l'âme ; ne faites point grimacer cette
belle figure , ne gonflez point cette
poitrine si agréablement propor-
tionnée. Loin de fermer jamais les
poings , montrez ces belles mains
dans leur agréable liberté , *que les
doigts* même *soient passionnés,* ainsi
que le disait si savamment Monvel.
Point de roideur, de mouvemens
brusques et saccadés ; que la théorie
aide à la pratique , et que l'amour-
propre , flatté jusqu'à l'égarement ,
se reconnaisse, se dompte ; qu'il
n'aille plus au loin recueillir un fade
encens , des louanges outrées. S'il
est beau d'être applaudi, c'est à la
Comédie - Française, c'est par un
public connaisseur, c'est par le petit

nombre d'élus. Adieu , belle reine.
Je vous abandonne cet article.
Vous le brûlerez , peut-être ; mais
que m'importe si vous vous corri-
gez et si le dépit produit l'émulation.

ARTICLE X.

Au laborieux et intelligent Damas.

JE vous ai vu commencer sur un certain théâtre bien éloigné de celui sur lequel vous vous trouvez. Le rôle qui a commencé à vous faire connaître avantageusement, est celui de Bégears dans l'*autre Tartuffe;* vous y avez montré la plus rare intelligence. Pourtant ce n'était qu'un succès dans le drame. Bientôt vous vous êtes essayé dans la tragédie. Vous avez osé aborder le beau rôle d'Hyppolyte ; on l'avait mieux joué sans doute ; mais on n'y avait pas encore été si brûlant, si passionné, si tendre.

La comédie , éternel désespoir

de la médiocrité , ne vous a point effrayé ; vous avez pénétré dans son domaine. Le beau rôle du marquis des *Dehors Trompeurs* , ce jeune homme aimable, mais un peu pédant, un peu flegmatique et tranchant du Caton , offrait de grands inconvéniens ; vous les surmontâtes, et j'applaudis à vos succès. Dès-lors je me promis bien de ne plus vous perdre de vue. Pourtant je n'avais pas encore eu l'occasion de vous reconnaître pour talent créateur. Les rôles dont vous vous étiez emparé avaient été joués par d'autres. Enfin on a travaillé pour vous, vous avez pu réfléchir sur un rôle nouveau , le méditer , y rattacher vos idées, et montrer tout ce que vous pouviez faire.

Être soi, quel avantage ! soyons plutôt inférieur, ayons des défauts marqués , choquans même ; mais *ayons notre faire , imprimons notre cachet à tout ce que nous touchons,* et n'augmentons point le servile et trop nombreux troupeau des imitateurs. Voilà ce que je conseillerai à tout artiste.

Damas, votre physique est peu agréable. Vous grimacez; tous les muscles de votre visage se contractent en même temps; vous vous balancez en marchant; vous agitez trop les bras, les tenez *trop en l'air;* presque toujours vous jouez penché. Ces attitudes, qui se répètent, sont de vrais défauts. Vous râlez aussi, et souvent, et très-fort; il s'agit ici d'un défaut naturel, je le sais. Il n'a pas dépendu de vous de vous en défaire. Cependant vous pourriez peut-être en atténuer l'effet, si vous pressiez un peu moins votre débit.

J'ai autre chose à vous dire maintenant. Il s'agit moins de vous que

du théâtre en général ; mais c'est à
vous que je m'adresse , parce que
je connais votre zèle , votre très-vif
intérêt pour tout ce qui a rapport
au Théâtre - Français ; et , à la plus
grande gloire du bel art que vous
idolâtrez, écoutez, Damas, le vœu
du *petit Homme Noir.*

L'esprit humain , dans son plus
grand effort, n'a rien créé qui lui
soit plus honorable que ces ingé-
nieuses fictions qui ont pour but
d'amuser en instruisant. L'art dramatique , envisagé dans toutes ses
parties, a quelque chose de ravissant. Une action sublime a eu lieu
dans une ville de la Grèce, l'histoire
l'a recueillie. Long-temps après , le
génie de l'imitation s'en empare, et
la reproduit à mes yeux. Il me fait
voir Socrate buvant la cigüe, Caton
déchirant ses entrailles , Léonidas
mourant aux Thermopyles : il me

fait voir Horace combattant pour assurer la prééminence de Rome; Régulus quittant volontairement sa patrie, sa femme, ses enfans, pour aller à Carthage y mourir dans les supplices; et mille autres traits éblouissans, sublimes!

Je suis tantôt à Sparte, à Corinthe, à Rome, à Paris; trois mille personnes qui m'entourent sont livrées aux mêmes illusions; elles éprouvent les mêmes sentimens; nos larmes coulent, nos sanglots se font entendre; auteur et comédiens triomphent en même temps; ils s'applaudissent du pouvoir de leur art. Faire parler dignement un Pompée, un Cicéron, un César, ne rien mettre dans la bouche de chacun d'eux qu'il n'ait pu dire; réanimer de tels hommes, de tels génies pour l'instruction et le plaisir des peuples civilisés, c'est là, à mon gré,

le plus grand effort de l'esprit humain.

Aussi, que l'on refléchisse, que
l'on s'informe quels sont ceux qui
ont pu amener à bien une telle entreprise, à quel âge ils l'ont tentée,
on verra que tous ont attendu la
maturité du talent. Corneille avait
trente-quatre ans lorsqu'il fit *le Cid*.
Les meilleures pièces de Racine et
de Molière sont aussi les fruits d'un
talent formé par l'âge. Voltaire, il
est vrai, a fait un chef-d'œuvre à
dix-huit ans ; mais les grands maîtres avaient paru, il avait pu pro-
fiter de leurs travaux. Le marbre
était dégrossi, les proportions
étaient dessinées. Le type de la
perfection était-là. Voltaire enfin
avait vu le bon siècle, et Voltaire,
enfant gâté de la nature, devait être
précoce.

Il est un lieu qu'il a enrichi plus

que tout autre auteur, et que l'homme éclairé doit désirer voir, pour
s'y extasier à l'aise. Ce lieu, Damas,
vous et vos confrères en êtes les
gardiens, mais trop soigneux. C'est
le dépôt sacré du premier théâtre
de l'univers ; on y trouve depuis les
visionnaires de Mairet, jusqu'au
dernier ouvrage reçu. Là, dis-je,
on doit se sentir inspiré ; l'aspect
de tant de chefs-d'œuvres doit com-
muniquer à l'âme une ardeur vraiment pénétrante.

Comédiens ingrats, qui tenez
fermé ce sanctuaire de l'art dramatique, et laissez à la merci des vers
tant de chefs-d'œuvres qui pour-
raient, en doublant vos recettes,
contribuer à votre plus grande gloire, pensez donc au moins une fois
à leurs auteurs ; songez à ce que
vous leur devez ; songez que la plu-

part de ces hommes étonnans ont été méprisés non-seulement par vos prédécesseurs , déjà orgueilleux ; mais qu'aussi plusieurs sont morts de misère et de faim.

ARTICLE XI.

A la trop puissante Volnais.

LA graisse est ignoble au théâtre, dit Clairon. Voilà, suivant moi, belle Volnais, ce qui nuit aux généreux efforts que vous faites chaque jour. Volnais, on n'a pas une plus belle tête que la vôtre, une tenue plus décente. Votre organe est éminemment touchant ; j'en aime toutes les modulations, parce qu'elles sont vraies, parce qu'elles arrivent à l'âme. Vous n'êtes point rieuse, et c'est de bien bonne foi que vous pleurez. Jamais, avec de si précieux avantages, vous ne serez déplacée dans la tragédie. Il est un rôle court, peu saillant, mais qui,

joué par vous, devient un vrai rôle
d'emploi ; c'est celui de la sage
et touchante épouse du farouche
Aman ; Eriphile vous convient tout
aussi bien ; et la petite Iphigénie
n'a pas toujours pour elle tout l'intérêt. Volnais, les rôles que je viens
de citer sont secondaires, et c'est
peut-être pour cela qu'il faut vous
garder de les dédaigner. On vous
sait gré de votre modestie, et plus
encore de votre jeu soutenu. Volnais, point de tourmens, d'inquié-
tude ; laissez bourdonner, crier,
rire même ; avec votre belle tête,
vos beaux bras, votre blanche peau,
votre touchant et mélodieux organe,
et surtout avec votre rare intelligence, vous avez de quoi désoler à
jamais vos rivales.

Volnais, lorsque l'on jouera Agamemnon, songez au rôle de Cas-
sandre ; il est bien dans vos moyens ;

n'oubliez point ce ton d'une prê-
tresse inspirée. J'ai vu dans ce rôle
l'épouse du sombre tragique ; elle y
était non-seulement bien , mais au
niveau de ce beau et singulier per-
sonnage : il est vrai que mademoiselle Petit - Vanhove , épouse de
Talma , ne pouvait moins faire.

ARTICLE XII.

A ce beau diseur , Baptiste aîné.

SOUVIENS-TOI de *Robert, chef de brigands*, et du théâtre de Beaumarchais , rue Culture-Sainte-Catherine, en face ces grands et malins jésuites. Baptiste , ta réputation a commencé là : là , *ton bras, attaché à une branche de chêne,* a fait pâmer les badauts , et transporté de fureur les fous révolutionnaires , les énergumènes , et aussi les jeunes gens qui , en sortant de ce beau spectacle , se disaient : Ah ! les honnêtes brigands ! Que de vertu ! Courons dans les bois , laissons-là les boutiques de nos pères , les ateliers , les établis , les bancs de l'école, Pre-

nons un bonnet de poil, un sabre,
et un vêtement couleur de sang :
soyons des Robert; redressons des
torts en commettant des crimes.
Rien n'est plus héroïque.

Certes, ton talent naissant, ô
Baptiste ! s'était bien mal adressé ;
mais un débutant n'y regarde pas
de si près. Tu ne tardàs pas à te re-
tirer de ce bourbier. Je te vis sur le
théatre de la Nation, et dans le beau
rôle de Lucain : là , j'augurai bien
de toi ; là, je fus content de ta diction, qui chaque jour se perfection-
nait.

On ne raisonne pas mieux un
rôle, on ne dissèque, n'analyse pas
plus savamment une phrase ; rien
n'échappe à ta perspicacité. On dit
que les auteurs qui te consultent
n'appellent jamais de tes jugemens.
Leur ouvrage est-il refusé , comme
il arriveassezsouvent, ils s'en con-

7

solent en disant : *Baptiste était pour nous*. On assure même que grand est le nombre de ces auteurs qui te présentent leurs productions. Je te plains.

C'est un pesant fardeau d'avoir un gros mérite.

Le comédien a besoin de tout son temps. Il se doit au public ; il faut qu'il ait régulièrement du talent à sept heures du soir : il n'a donc pas trop de la journée pour les méditations. Baptiste, tu serais le premier des raisonneurs, si tu voulais t'en tenir à raisonner ; mais tu veux être père, tu veux l'être en dépit de tous. Toi qui lis tant et si bien, n'as-tu pas lu mille fois ces vers :

> Ne forçons point notre talent,
> Nous ne ferions rien avec grâce.

Laisse remplir les vides par qui le pourra, le voudra, et tiens-toi à ta place. Sois le frère d'Orgon, sois celui de Sganarelle ; empare-toi des Chrysanthe , des Dorimon. Sois Coucy , sois Omar ; qu'aucun beau troisième rôle ne t'échappe. Ne cède point le Glorieux, car il est ta gloire ; mais laisse Alvarès , Lusignan , Argire. Tu te riras de mes avis , mais tu n'en auras pas moins très-grand tort de s'obstiner à méconnaître la portée de ton talent.

On t'aime , Baptiste , tu le sais ; la saine partie du public applaudit à ta rare intelligence , tes lumières , ta sagacité ; mais elle te dit pourtant , et assez haut même : Baptiste, laisse-là les pères , renonce au pathétique. Contente-toi de nous parler raison ; c'est un bel emploi parmi les fous , du moins on est distingué , si l'on ne corrige pas.

ARTICLE XIII.

A Duchesnois.

DUCHESNOIS, vous n'êtes pas ce qu'on appelle une belle femme; mais vous êtes une grande actrice. Nulle mieux que vous ne sait moduler son organe ; nulle mieux que vous ne sait parler à l'âme , et faire vibrer toutes les cordes du cœur. Quels jeux de physionomie ! comme ce regard est expressif! quelle mobilité dans les traits! comme les repos de cette tête sont gracieux! comme ces mouvemens sont arrondis ! Ce n'est point là une attitude calculée. Voyez marcher cette princesse; elle n'arpente pas , ne se place pas exactement sur tel plan plutôt que sur tel autre ; elle va seulement où la passion la mène : elle obéit au sentiment, ne cède qu'à lui, ne parle que d'après lui. N'est-il pas vrai que vous ne voyez pas une actrice? Non, c'est Phèdre, dominée par une passion impétueuse ; elle en a tout l'égarement, tout le délire.

Pourtant, cette femme si coupable a de la pudeur encore ; elle se se respecte; sa démarche, ses mouvemens sont d'une femme honnête, sensible, et qui chérit la vertu quoiqu'en l'outrageant. Est ce peu ?..... Voyez Ariane ; comme elle intéresse, comme elle est touchante quand elle prie son ingrat; et comme, dans sa fureur, elle est encore, non horrible , mais noble , mais digne des soins de tout ce qui l'entoure. C'est un spectacle digne de la scène française et des spectateurs qui viennent y chercher de véritables jouis-

sances, les seules qui puissent sa-
tisfaire leur goût-épuré, leur tact sûr
et les sentimens de leurs cœurs.

Duchesnois, un temps viendra
où ton apparition sur la scène sera
comme une bonne fortune pour ces
mêmes spectateurs. Un temps viendra où, dans Mérope, dans Sémiramis, dans Jocaste, tu attendriras
tous les cœurs. Tu auras long-temps
médité ces beaux rôles ; tu en auras analysé tous les vers, tous les
mots; tu y auras découvert de grands
et de beaux effets. L'adresse avec
laquelle tu sais moduler ton organe
te rendant facile le jeu des transitions, on verra saillir de moment
en moment de ces traits vifs, heureux, surprenans qui transporte-
ront. Un *oui*, un *non*, *une simple
exclamation* te vaudra mille bra-
vos, et j'aurai la gloire d'avoir pré-
dit des succès si marqués.

Duchesnois, tu as bien quelques défauts ; mais je te laisse le soin de les combattre. Ce sont des ennemis qui ne tiendront point contre la raison éclairée, l'émulation et l'amour de la vraie gloire ; car elle est au théâtre qu'illustrèrent Corneille, Racine, Molière et Voltaire, et où pleura le grand Condé. Les palmes de l'auteur de Cinna, de l'auteur de Mérope, valent celles des Césars, des Gustave et des Turenne.

ARTICLE XIV.

Au gracieux et élégant Armand.

ARMAND, tu es appelé à marcher sur les pas des Grandval, des Molé et des Fleury. A toi convient l'habit brodé ; à toi tout l'espace des salons. Jouer avec le chapeau, le mouchoir, pirouetter cent et cent fois ; tomber avec grâce aux pieds d'une femme ; lancer un regard malin ou passionné ; railler, persiffler, commander la scène, y captiver tous les regards ; y rire aux éclats ; tout cela n'est point pour toi l'impossible, quoique dans ton bel emploi ce soit l'indispensable. Oui, Armand, tu as bien commencé ; tu t'es fait une très-juste idée de la manière de jouer la comédie.

Armand, continue ; tu peux aller loin. Surtout si tu soignes davantage ta diction ; si tu t'effémines moins ; si tu combats courageusement en toi la fatuité, la fadeur ; si tu joins la force à l'activité du débit, si tu en règles la volubilité ; si tu sais donner un peu plus de *mordant* à ton organe ; si tu négliges moins ce que l'on appelle les détails ; si tu t'évertues à toujours tenir la scène, à t'y voir constamment, oubliant les loges et le parterre. Oh ! alors, sois certain que l'on ne rappellera point de grands noms pour te les opposer, et que, content de tes efforts, l'amateur éclairé mettra sa joie à y applaudir.

Armand, j'ai connu un jeune homme qui était doué d'un vrai talent pour le théâtre. Il avait un très-bel organe, une ame expansive et brûlante, un très-grand amour pour cet art, qu'il avait préféré à tous, ou pour mieux dire à tout. Il obtint quelque succès dans la tragédie et dans le drame. Dans le père Louis, des Victimes cloitrées, et favorisé par la longue robe de religieux, il produisit le plus grand effet. Pendant cinq longues minutes, il reçut les applaudissemens d'un public très-éclairé ; celui de Dijon. Mais ô malheur ! ce jeune homme ne savait point porter l'habit brodé ; l'épée, *qui toujours le suivait*, l'embarrassait extrêmement. Le chapeau surtout.... ah ! quel objet incommode qu'un chapeau dans la main d'un jeune premier novice. Tel était l'embarras, la gaucherie de ce jeune homme. Il quitta le théâtre, qu'il aime encore, et qu'il aimera toujours. Eh bien ! Armand, toi qui, plus heureux, a été favorisé par les grâces, toi que rien n'embarrasse, profite bien de tous tes avantages. Songe à ta réputation ; sacrifie-lui fêtes, jeux, plaisirs, société, tout enfin. Sois grand comédien ; fais époque. Adieu, Armand : regarde souvent Fleury ; respecte-le, révère-le ; mais ne l'imite point. Sois toi-même.

ARTICLE XV.

A Devienne.

SE croire propre à tout, passer en revue tous les emplois , telle est l'erreur du demi-talent, la chimère de la médiocrité. Devienne , on ne vous fera point un tel reproche. Toujours vous vous êtes tenue à votre place ; et c'est pour cela peut-être que vous la remplissez si bien. J'aime votre jeu, il est franc, natu-rel ; c'est la pure nature , et je crois pouvoir assurer que vos rôles vous coûtent peu de travail. Vous les li-sez, les posez là , les reprenez , et tout est fait. Cependant il est des nuances qui échappent, parce que l'on ne s'est pas donné la peine de les distinguer. On croit vrai ce qui est faux , naturel ce qui est trivial, et plaisant ce qui est outré. Boileau se flattait d'avoir appris à Racine à faire difficilement des vers. Devienne aurait peut-être besoin qu'on lui apprît à jouer moins naturellement.

Souvent aussi cette soubrette ou femme-de-chambre, amie de sa maîtresse, laisse trop voir cette hardiesse un peu cavalière qui choque la vraisemblance, et fait dégénérer en charge ce qui ne devrait être que l'imitation exacte de ce qui se passe dans le monde, où l'on sait très-bien maintenir à leur place et les valets et les servantes ; car en quel lieu, dans quelle maison voit-on les femmes-de-chambre avoir la parole si haute que Devienne leur représentante ? La faute, je le sais, en est d'abord aux auteurs, qui, pour égayer la scène, y font demeurer le plus possible les personnages dans

la bouche desquels ils peuvent placer nombre de réparties, de plai-
santeries, et aussi de froids jeux de
mots. L'acteur ou l'actrice doivent
alors rectifier l'auteur, affoiblir les
nuances, ou, si cela leur est trop
contraire, régler du moins si bien
leur pantomime, qu'on y voie toujours l'inférieur respectueux qui ne
se risque qu'avec prudence, et autant que la faiblesse ou le trop de
complaisance de ses maîtres semble
l'autoriser et l'enhardir. Vous m'entendez, Devienne. Je sais qu'ac-
cueillie avec transport, et recon-
naissant pour très-heureux, *très à
effet* les défauts que je signale ici,
vous vous rirez de mes observations
et ne changerez rien à votre jeu ;
eh bien ! allez donc votre train,
Devienne. Cependant n'outrez point
Molière, dont la force comique vous
a souvent portée au-delà des bornes
de la décence et de la raison.

ARTICLE XVI.

A Michelot.

QUE l'émulation est louable dans l'homme! que celui-là est heureux, qui ayant embrassé une profession, adopté un art, s'y livre tout entier! Quel avenir il se prépare! *Le génie, dit Buffon, n'est qu'un peu plus d'aptitude à la patience.* Vouloir, non aujourd'hui, non demain, mais constamment; rattacher toutes ses idées à ce même objet d'affection, y rapporter tout avec cet amour qui produit seul de grandes choses; voilà peut-être le sublime de la raison humaine. Qui a élevé tant de monumens, qui a commencé, achevé tant de beaux ouvrages, l'honneur

des lettres et des arts ? n'est-ce pas
le vouloir constant ?...

Michelot, il se se peut que tu aies
entendu dire que tu n'avais pas,
pour les rôles tragiques, cette taille
colossale, ces formes atlétiques que
l'on aime tant à voir, et qui seules
répondent à l'idée que l'on se fait
communément des héros grecs et
romains, qui, pour le dire en pas-
sant, sont plus grands dans Corneille et Voltaire que dans Héro-
dote, Thucidyte, Tite-Live et Ta-
cite.

Non, Michelot, tu n'as point
la taille requise. Mais Monvel l'a-
vait-il ? Monvel, ce comédien si
savant, si profond, avait-il aussi ce
que l'on appelle des *poumons à la
romaine ?* Son organe mâle et sonore remplissait - il la salle ? Di-
sait-on du sien, comme de celui
de Larive, *c'est un timbre de cloche?*

Pourtant jamais on ne lui cria *plus haut!* Avec de très-faibles moyens, j'entends dans ses derniers jours, il sut toujours se faire entendre et produire l'effet habituel. Quel art avait donc cet acteur? quelle était donc son adresse et la magie de son jeu? Il faut le dire, elle était telle, qu'il eût pu se dispenser d'articuler; car tout en lui parlait, exprimait, peignait. Jamais on ne connut mieux la scène ; jamais on ne sut mieux l'occuper ; jamais l'art du débit ne fut mieux étudié que par Monvel ; c'est à lui que les monologues convenaient. Jamais la scène n'était mieux remplie que lorsque Monvel s'y trouvait seul, et jamais on n'écoutait avec plus d'attention que lorsqu'il se parlait, s'interrogeait. Ce n'était point l'oreille des spectateurs qui était attentive. Un geste du grand comédien tenait dans le

silence, l'attention, le respect six
mille personnes, dont tout l'être
était sur la scène avec Monvel. Que
cet homme eut bien raison de se
faire des pièces, c'est-à-dire des
rôles! Comme il avait soin de s y
placer seul et souvent! Un long
monologue, un secrétaire et un fau-
teuil, c'en était assez pour exciter
le plus vif intérêt et maîtriser les
cœurs. Loin, bien loin ces Baron,
ces Grandval que l'on nous vante!...
Monvel eût été leur maître. J'en
appelle à vous tous qui avez vu
l'*Amant Bourru*, *Clémentine et
Désormes*, les *Victimes Cloîtrées*.
Que fit de vous Monvel pendant le
cours de ces pièces? ne s'y empara-
t-il pas de vos cœurs? ne vous mo-
difia-t-il pas comme il voulut? n'y
fit-il pas *un appel aux larmes?* Vous
tous, têtes fortes ou faibles, ne ré-
pondites-vous pas involontairement

à cet appel? Oui, tel fut l'art de ce grand comédien ; tel fut Monvel. Spectateurs ! chérissez sa mémoire ; *quelque chose de bien précieux* , et que vous *admirez chaque jours* , *vous vient de lui ;* c'est son âme , son intelligence , son faire. Cela est, comme lui, parfait, unique.

Michelot, je reviens à vous ; et certes je ne crois pas vous traiter mal que de citer Monvel dans un article qui vous est adressé ; mon sentiment sur votre talent se fait connaître : on y voit ce que je veux faire penser de vous, ce que j'augure de tant de zèle , d'intelligence , d'amour pour un si bel art. Michelot doit aller loin, surtout s'il sait s'abstenir de toute imitation. Artiste , c'est trop copier, imiter ; songez à créer ; faites faire des progrès à l'art dramatique, étendez son domaine.

ARTICLE XVII.

A l'heureuse Émilie Levert.

Tout dépend du moment. Plutôt, elle eût pu être accusée de témérité. Plus tard, la place se fût trouvée occupée. Mais Contat venait de s'éloigner. Mézerai restait tranquille, selon sa louable habitude, et Émilie crut devoir s'avancer avec d'autant plus d'assurance, qu'elle était bien préparée. Sans doute aussi qu'elle comptait sur sa jolie figure, son regard vif et caressant, son organe enchanteur, ses grâces naturelles, et enfin sur un talent exercé au sein de la capitale, qu'elle a peu quitté. Rousseau dit que ce n'est qu'à Paris que l'on peut bien faire

un livre. On peut sans doute dire ,
avec autant de raison , que c'est à
Paris, et près de la Comédie-Française , qu'il faut étudier l'art du comédien. Il y a des talens en province , de grands et de très-grands
même ; mais qu'on les transporte
tout-à-coup sur la scène française ,
ils n'en pourront saisir le diapason :
ils en dérangeront l'ensemble , en
troubleront l'accord ; ils feront trop
ou trop peu. Émilie , pourquoi vos
succès ont-ils été si grands d'abord?
pourquoi avez-vous montré tant
d'aisance, d'aplomb et de cet abandon toujours si heureux ? C'est que
vous étiez un talent de Paris , une
élève de Contat ; élève non avouée,
je le sais ; mais qu'importe si vous
vous êtes montrée son émule.

Poursuivez , entretenez l'enthousiasme ; c'est peut-être , quant àpré-
sent, tout ce que vous pouvez faire.

C'est quelque chose de bien dangereux que l'enthousiasme ; après lui, rien que le refroidissement, et quelquefois le mépris. Soutenez-vous donc, Emilie, et vous aurez beaucoup fait.

ARTICLE XVIII.

A l'un des enfans de la Comédie-Française.

THÉNARD, il faut en convenir, vous êtes aussi *un heureux*. Dugazon, Dazincourt et Larochelle s'étaient donné le mot. Oui, par amour pour vous ils résolurent de mourir tous trois. Le beau dévouement! Point de réplique, de sensibleries. Je vous entends; il m'eût été doux, dites-vous, de les voir encore, de les étudier, les imiter, les..... Fort bien, je vous crois, et n'en veux pas plus. Vous voilà sur la scène française, et avec quelques droits pour y paraître; mais c'est peu, si le talent ne justifie une si haute fortune; car c'en est une que *de tenir un emploi* sur le premier théâtre de l'Europe. Vous n'avez pu vous fourvoyer dans une route qui vous était connue, et où la main d'une mère vous avait guidé. A votre apparition, on ne s'est point récrié, seulement on a dit : Voilà un des enfans de la maison. Il en est résulté un préjugé très-favorable, et une sorte d'indulgence qui, à la fin, pourrait être funeste à celui qui en a été l'objet. Un enfant de la Comédie-Française ! cela dit beaucoup, et impose de grands devoirs.

Je sais que vous vous étiez dit cela; je sais que vous n'avez point cessé de vous préparer en silence ; que pour vous montrer digne de votre sort, de votre heureuse destination, vous avez été vous exercer sur les principaux théâtres de province, et particulièrement sur celui de Dijon : c'est là qu'un public éclairé, judicieux , a applaudi à votre zèle , à vos efforts : il se complaisait sans doute à encourager le jeune acteur qu'il espérait voir un jour sur la scène française ; peut - être même aussi pour pouvoir dire : c'est nous qui l'avons formé ; car on sait que c'est un des droits du parterre , de former les acteurs ,.... ou de les gâter ; ce qui arrive assez souvent : les preuves ne manquent pas.

J'ai parlé de vos avantages , souffrez que j'aborde l'article des défauts. Vous n'avez point un masque comique ; votre regard n'est ni vif, ni doux, ni malin ; il est dur. L'ironie chez vous est trop amère , le rire trop insultant , la finesse trop préparée ; votre voix est grèle ; glapissante ; vous manquez d'aplomb : votre grand mérite , c'est de bien garder les convenances , de vous tenir toujours de votre maître à une distance respectueuse , de remplir assez bien la scène , et de dire avec justesse , avec esprit. La grande li-vrée vous sied. Vous êtes bien dans le Pasquin du Glorieux , et aussi dans cette pièce où *un insolent va-let plaisante , sans pudeur , sa maî-tresse et son maître.* Vous n'êtes pas sans légèreté dans les Crispins , mais vous pirouettez trop , et vous avez le capital défaut de regarder le pu-blic après une plaisanterie dite Croyez-moi , abstenez-vous de fer-mer si souvent les yeux en parlant. Ne grimacez pas , cambrez - vous moins : moins de roideur dans la partie supérieure du corps , et sur-tout exercez votre organe. Tirez de la poitrine des sons pleins , nourris; pressez-vous moins dans tout ce qui est débit , et évitez la charge. Du-gazon s'est trop nui par elle. Malgré tout ce que j'ai dit , et qui ne fera

point autorité, vous n'en deviendrez pas moins un des premiers
comiques du Théâtre-Français. Un
peu plus d'embonpoint, joint à ce
vis comica que vous poursuivez obstinément, et tout ira bien. Vous avez
vu Préville, Dugazon, Dazincourt,
Larochelle ; plusieurs de leurs secrets vous sont connus ; et il n'y a
point de raison pour que le nom de
Thénard ne puisse être inscrit à la
suite de ces noms respectablement
comiques.

Du fils je passe à la mère.

ARTICLE XIX.

A madame Thénard.

On vous aime. On se rappelle vos succès dans certains rôles tragiques; votre résignation, lorsque d'éblouissantes rivales furent parvenues à vous éclipser, plus par bonheur, par adresse, que par supériorité de talens. Vous êtes des beaux jours du Théâtre-Français : vous vous êtes montrée dans tous les emplois, et toujours avec avantage, quoique sans cette supériorité marquée qui fait époque et attire la foule.

Maintenant confidente et duègne, vous ne laissez rien à désirer dans ces rôles si utiles et abhorrés des personnes qui ne peuvent pas se

décider à renoncer à leurs prétentions à la jeunesse, à la beauté, quoique tout cela ait disparu.

Madame Thénard est plus sage :
elle aime son art ; elle s'honore du
titre d'actrice du Théâtre Français.
C'est pour elle un vrai plaisir de revoir souvent ce public qui la connaît si bien , et qui souvent l'a ap-
plaudie. Elle a près d'elle un fils et
une fille qui l'entourent. Ce n'est
donc pas seulement des camarades
qu'elle retrouve en scène , mais des
enfans. Cela doit lui être assez doux :
cela n'est pas moins agréable au
public. Mais je crois que le Petit
Homme Noir s'humanise. On le
croirait en belle humeur, pourtant
il n'en est rien..... A la preuve....

ARTICLE XX.

Au maître-d'armes du Bourgeois gentilhomme.

JE ne suis qu'un nain noir, grand et colossal Després. Pourtant j'ose te regarder en face ; j'ose me demander pourquoi, avec cette belle tête, ces grands yeux, cet organe sonore, ces beaux rôles, on ne peut parvenir à produire de l'effet, à toucher, à émouvoir. Quoi, un homme sera doué de tous les avantages physiques, mais parce qu'il lui manquera une âme ardente, expansive, il ne pourra être qu'un comédien médiocre. En vain il s'agitera, déclamera ; de tout cela il ne résultera que du bruit. L'air sera agité, la salle retentira; mais les cœurs ne seront point émus. C'est donc beaucoup que l'âme !

Mais qu'entend-on par l'âme du comédien ? N'est-ce pas son intelligence à saisir et exprimer les passions ? N'est-ce pas cette chaleur communicative qui ne permet pas au spectateur de demeurer de sang-froid ? N'est-ce pas surtout cette parfaite organisation de l'ouïe qui rejette toute fausse intonnation, tout ton discordant, toute dissonnance, et veut enfin de l'harmonie jusque dans les moindres phrases ? Sans doute, Després, vous ne vous trompez point sur la valeur des mots : vous êtes homme, vous connaissez le jeux des passions, le cœur humain et ses affections ne sont point pour vous des mystères ; et lorsque l'on vous voit on n'est point tenté de dire : Voilà un homme imparfait. Cependant votre diction est vicieuse, cela est reconnu. Les plus beaux vers, dans votre bouche, perdent de leur harmonie. Vous ne connaissez point assez l'art des repos; vous ne nuancez point, vous élevez la voix et vous la laissez retomber; puis vous l'élevez de nouveau pour la laisser retomber encore. Voilà tout votre secret; il n'y a pas beaucoup d'art à cela.

Voulez-vous m'en croire, réformez-vous, et cela vous est possible. Vous savez bien d'où vient le mal, mais vous ne songez point à la guérison. Vous avez tort. Essayez, c'est-à-dire, respirez mieux. Vous riez à ces mots; pourtant je les répète, respirez mieux.

Vous avez à débiter une tirade de quarante vers, coupez-là; marquez vos repos, et même vos effets. De grands artistes qui vous entou-

rent excellent dans cet art : on peut
même dire qu'ils en abusent. Je ne
promets point qu'à chacun de ces
repos on vous applaudira, je ne ré-
ponds de rien ; seulement reposez-
vous pour respirer. Recueillez toutes vos forces , soulagez votre poitrine , et arrivez avec succès à la fin
de ces longues tirades. Nuancez ;
évitez le bourdonnement des phrases cumulées ; sauvez la monotonie
de nos Alexandrins tombant deux à
deux. Enfin , soyez comédien français , puisque vous en avez tous les
droits.

Bel homme , justifiez ce que pro-
met votre apparition sur la scène.

ARTICLE XXI.

Hommage à la beauté.

Rose Dupuis, je pense à vous. Je regarde, et ne vois rien qui vous soit comparable. Quel charme que votre figure! quelle douce harmonie dans tous vos traits! comme ce regard est caressant! comme cette bouche est jolie! quel beau col! quelle blancheur! quelle fraîcheur! Faut-il, en contemplant tant de perfections, s'apercevoir que l'on n'est qu'un petit homme! Mais en voilà assez sur la personne. Voyons l'actrice; peut-être même ne fallait-il voir qu'elle, et nous extasier moins.

Rose Dupuis, vous aurez de la peine à vous avancer; on vous permettra d'être belle , quoique avec dépit , mais on ne souffrira point que vous montriez du talent ; cela serait trop fâcheux. Eh bien! croyez-moi, songez à être heureuse ; riez de toute rivalité ; tenez-vous-en à ces petits rôles que l'on veut bien vous céder ; jouez-les de votre mieux , qui n'est déjà pas trop loin du bien , et soyez persuadée qu'un tems viendra où l'on vous permettra d'avoir une volonté.

Il y a quelques jours que , caché , retiré dans un coin , je vous vis de très-près , et ne pus me lasser de contempler la douceur de vos traits; celle de votre voix fit sur moi une impression très-grande. Je vous écoutai encore quelque tems , et je reconnus dans plusieurs de vos inflexions quelque chose de si touchant , que je vous crus appelée véritablement à la profession que vous avez embrassée.

Travaillez, belle, faites un choix; prenez parmi les rôles courts, à détails, à petits mots; faites valoir tout cela par votre jeu gracieux et naturel, vos touchantes intonnations, vos gestes rares et bien arrondis. Point d'efforts, ne courez point après les effets; soyez à l'aise, soyez vous-même, et comptez sur des succès très-flatteurs. Adieu, belle entre toutes les belles; ne dédaignez point mes avis. Vous serez cause que l'on rira de moi, et que mon petit être paraîtra un peu passionné; mais j'aurai de quoi me consoler en voyant ceux qui auront osé rire, vous adorer en secret.

ARTICLE XXII.

Au trop modeste Dumilâtre.

HEUREUX le jour où la Comédie-
Française vous a reçu au nombre
de ses pensionnaires. Elle a fait une
bonne acquisition. Vous dites sagement, vous dites bien, Dumilâtre;
vous n'êtes ni ampoulé, ni emprun-
té, ni monotone. Les chefs d'emploi doivent vous considérer, vous
aimer, car vous les servez bien. On
ne voit en vous ni prétentions, ni
aucune de ces impatiences qui an-
noncent qu'un confident est las de
l'être. Poursuivez, Dumilâtre, soyez
le premier des confidens; cela vaut
bien d'être médiocre premier rôle;
cela vaut mieux. Un peu plus de

chaleur pourtant dans votre débit ;
et quand vous jouez Pylade dans
Andromaque, soyez moins humble,
moins respectueux, avec ce fou
d'Oreste, cet exigeant ami. Racine
a un peu oublié, en composant sa
pièce, que Pylade était l'égal du fils
d'Agamemnon. Guimaud de la Tou-
che a vengé Pylade, et la scène où
ce tendre ami combat de générosité
avec Oreste est sans doute une des
plus belles du théâtre tragique.

Dumilâtre, je vous en dirai plus
une autre fois. Vous êtes un homme
à revoir, ne fût-ce même que pour
votre aimable et doux caractère.

ARTICLE XXIII.

A la trop énergique et trop virile Regnier.

Vous êtes un vrai talent de province, Regnier ; vous croyez trop que frapper fort, c'est frapper juste ; détrompez-vous, vous m'avez révolté, et surtout dans *Sabine*. Votre Horace avait bien raison de vous dire :

> Pourquoi t'en viens-tu,
> Avec toute ta force, attaquer ma vertu ?

Apprenez, non de moi, mais de Jean-Jacques, que des traits doux n'ont pas été donnés aux femmes pour qu'elles les défigurent par la colère, la fureur, l'emportement. Ce ne sont pas des soufflets qu'at-

tendent leurs joues ; et certes du
ton dont je vous ai entendu parler
à Horace , ce farouche Romain ,
qui a tué sa sœur, eût bien pu s'em-
porter contre vous. Veuillez donc
ne pas oublier votre sexe, ses droits
et ses avantages. Point de cris, de
sons rauques, de poings fermés ,
d'œil menaçant, même dans la colère ; devenez plus sage si vous vou-
lez plaire. Laissez aux hommes leurs
habitudes , leurs défauts : soyez
femme , puisqu'ainsi l'a voulu la
nature.

Votre taille est médiocre, et vous
l'accourcissez encore par votre tenue. Toujours courbée , voûtée ,
toujours agitée, vous ne connaissez
point ces beaux repos de scène , ces
attitudes nobles et gracieuses qui
charment l'œil du spectateur et le
délassent du tumulte des passions
qui, entassées, pour ainsi dire, dans

certaines tragédies, étourdissent, troublent au point que l'on ne sait plus où l'on est. J'ai tort, on se croit à l'hôpital des foux.

Modérez donc cette virile ardeur, fréquentez les bois d'Amathonte, d'Idalie ; et si quelques grâces, quelques charmes, quelque trésor secret se détache de la ceinture de Vénus, emparez-vous-en, et, qu'à votre première apparition sur la scène, l'on s'apperçoive que vous êtes plus riche qu'auparavant ; enfin sacrifiez aux grâces. Vous dites bien, vous accentuez, votre regard a de l'expression ; enfin vous ne pêchez que par l'excès. Je vous en dirais plus, si je n'étais persuadé que vous êtes de ces personnes qui entendent à demi-mot, et dont la rare intelligence va au devant des observations. Faites-vous les vôtres, étudiez-vous, réformez-vous, il n'est

que ce moyen pour arriver au but
que vous paraissez vouloir atteindre. Soignez un peu mieux votre
costume, drapez - vous avec plus
d'art, ne vous enveloppez point
tant, et surtout redressez-vous.

ARTICLE XXIV.

*Au général des niais passés, pré-
sens et futurs, et leur maître à
tous.*

BAPTISTE cadet doit tout à la
nature et très-peu à l'art, très-peu
au travail. Il se livre et réussit; moins
il s'écoute parler, moins il s'obver-
ve, plus il plaît; voyez-le rire, ges-
ticuler, marcher; admirez le sublime de la bêtise; mais aussi sachez
que cet homme n'est si bête que
parce qu'il a beaucoup d'esprit.
Voulez-vous connaître un homme
heureux? cherchez-vous un aimable
convive? appelez Baptiste cadet.
Voulez-vous vous distraire, vous

désopiler la rate? allez voir M. Danière, et aussi ce malin valet qui se réjouit de ce qu'*il y aura du scandale dans la petite ville de Landernau* (1); voyez aussi Bazile lorsqu'il a la fièvre, et que tout le monde lui crie : *allez vous coucher!* Enfin financiers, banquiers, chefs de bureau, diplomates, et vous tous qui travaillez des six ou douze heures par jour devant une table couverte de comptes, mémoires, paperasses, laissez quelque chose pour le lendemain, et esquivez-vous pour aller voir Baptiste cadet. Ah! c'est un grand magicien.

Baptiste, je reviendrai une autre fois sur tes défauts. Le temps me manque. J'ai à parler à une dame.

---

(1) Voyez *les Héritiers*, jolie comédie de M. Duval.

Cependant, crois-moi, respecte un
peu Molière ; songe que vouloir lui
donner de l'esprit, est une bêtise
qu'on ne passe pas..... même à un
niais.

ARTICLE XXV.

A l'intéressante Émilie Contat.

VOILA une suivante de bon ton , et qui doit plaire à ses maîtres. Bien plus, elle peut être louée de sa maîtresse, qu'elle n'offensera jamais par trop de liberté. Il y a plaisir à se livrer à une confidente réservée, discrète et humble tout - à - la - fois. Belle Émilie, vous nous êtes rendue ; vous avez eu le courage de supporter une opération douloureuse. O Émilie! est - ce que vous n'avez plus qu'un t...., est-il vrai? O amour! tu gémis, mais console-toi, vois ces grâces naturelles, ce

visage agréable , ces formes arron-
dies. Aime , adore, et ne regrette
rien. Émilie Contat est sauvée ; elle
soutient la gloire d'un nom cher
aux amateurs de la bonne comédie.
Les amours, tes frères, reviennent
au bercail ; ils y trouvent les grâces,
l'esprit, la décence et la raison même
qui , dans Émilie , ne les effarouche
point. Belle Émilie , j'apprends ,
par une lettre datée des Champs-
Élysées, que votre mère y est très-
heureuse ; elle y a comme une petite cour composée de lettrés, de
chevaliers. Dorat, surtout, l'effé-
miné , le spirituel Dorat , la quitte
peu ; il lui récite des vers ; il lui
rappelle la *Feinte par Amour.* Marivaux vient aussi souvent remer-
cier l'admirable actrice : Que ne
vous dois-je point, lui dit-il ! comme
vous avez joué mes *Fausses Con-*

fidences ! quelle vogue vous avez donnée à cette pièce ! Oui, grâce à vous, on pardonne à Marivaux d'avoir montré trop d'esprit.

ARTICLE XXVI.

A Michot.

ACTEUR vrai, naturel, ennemi de tout art, de toute affectation, préparation, calcul. Toi, dont la rotondité remplit au mieux la scène, toi que l'on rencontre partout et toujours souriant, toujours satisfait ; quand t'occupes-tu de tes rôles ? combien d'heures, de minutes, d'instans leur accordes-tu ? les lis-tu seulement ? — Eh ! que vous importe ! — Oui, tu as raison, cela ne nous regarde point, et il doit nous suffire d'avoir du plaisir à te voir.

La vieillesse humoriste et chagrine peut regretter ses plaisirs pas sés ; elle peut dire : hors Préville et Dugazon , point de comique. Moi, quoique vieux et même caduc , je serai plus équitable. Je rendrai justice aux talens tout comme par le passé et dans mes plus beaux jours, comme aussi je signalerai les défauts , sans pourtant attaquer l'homme ni décourager l'artiste. Michot, la livrée te convient moins que l'habit de paysan , et je t'aime beaucoup mieux en guêtres qu'en bas de soie. Tu es mieux aussi dans *Buller* que dans l'oncle de *la Belle Fermière;* enfin tu généralises trop ton talent, et il y perd.

La chimère de tout artiste , c'est de viser à l'universalité ; crois-moi, Michot, restreins-toi, tu y gagneras comme homme voluptueusement paresseux , et qui sait si bien jouir de ce précieux *fare niente* des oisifs et indolens Italiens : tu y gagneras

comme acteur , et tes doubles s'en
réjouiront. Mais qu'ai-je dit, des
doubles ? on ne les voit que trop
souvent ! Messieurs les chefs d'emploi, vous abandonnez et Molière
et Regnard à vos doubles ; trop
souvent votre fière insouciance ou-
trage le public. Oh ! montrez-vous,
multipliez-vous , remplissez votre
tâche.

ARTICLE XXVII.

A cette actrice nouvelle, mais si nouvelle qu'elle ne chante pas encore.

Non, belle et étonnante Petit, vous ne chantez point ; c'est de bien bonne foi que vous dites des vers ; c'est bien sans contrainte que vous vous livrez ; c'est bien l'amour de l'art qui vous a amenée sur la scène. O l'heureuse apparition ! et quelle a été ma joie en voyant une débutante si extraordinaire ! quel assemblage de perfections ! quel rare et beau talent ! Point de langueur, point de monotonie, point de tons lents, assommans ; mais des intonnations vraies, des gestes bien me-

surés, un heureux abandon ; de l'é-
nergie, de la force, et le regard le
plus expressif, le plus éminemment
passionné. O Petit ! si vous tenez
tout ce que vos débuts ont promis,
vous serez un jour la plus parfaite
des actrices tragiques.

Poursuivez, belle ! travaillez,
étudiez, méditez, ne voyez que
votre art ; ne perdez point de tems
en inquiétudes, en tracasseries de
coulisses ; ne venez même que lorsque l'on vous appellera, et soyez
certaine que le vrai maître, celui
qui paye, celui qui....

Sans craindre le holà,
Peut aller au parterre attaquer Attila,

saura bien exiger qu'on lui montre
l'étonnante Petit, qui paraîtra pour
émouvoir, toucher, transporter.
Chacune de ses apparitions sera un
triomphe ; et le mot *salle pleine* fai-

sant taire toutes les cabales; Petit
alors sera vraiment reine au théâtre, comme au parterre elle est déjà
reine de tous les cœurs. Mais je vois
Lacave, pardon, adieu. Il faut que
je me soulage, que je parle à cet
homme-là.

ARTICLE XXVIII.

Au trop timide Lacave.

On voit des hommes qui gagnent à être extraordinaires, et qui, comme dit La Bruyère, voguent, cinglent dans une mer où les autres échouent et se brisent. En blessant toutes les règles, ils tirent souvent de leur irrégularité et de leur folie, les fruits d'une sagesse consommée. Ce qui reste d'eux sur la terre, c'est l'exemple de leur fortune, fatal à ceux qui veulent le suivre. Cela peut-il s'appliquer à Lacave? Est-ce un téméraire, un novateur, un audacieux que cet homme-là? Non, c'est le plus humble des hommes, et si humble, que quelqu'un qui est tous les soirs au parterre ou dans le foyer de la Comédie-Française, appelle Lacave *le Mouton.*

Oui, voilà le tort de Lacave, c'est d'être trop réservé, trop timide, de respecter trop les rois et les reines de théâtre, d'oublier que que tous ces gens-là sont ses confrères, malgré leur sceptre. Sont-ce là tous les reproches à adresser à Lacave? n'a-t-il pas tel défaut, sa diction, sa tournure, sa marche, ses gestes?..... Eh bien! oui, tout cela est..... timide.

ARTICLE XXIX.

Aux pensionnaires, doubles, etc.

Il ne s'agit point ici d'une expression insolente, renfermée dans ce vers :

Le reste ne vaut pas l'honneur d'être nommé.

Certes, je vois encore nombre de dames à qui il serait très-agréable de dire quelque chose. Voilà aussi des troisièmes amoureux, des seconds et troisièmes confidens qui ne sont pas sans moyens. Les uns ont un bel organe et une jolie figure; les autres disent sagement, trop peut-être ; les autres......

O quelle kyrielle !
Ma foi, sur tant de noms ma mémoire chancelle.

Il faut finir, en rappelant à toutes ces personnes qu'elles ont l'honneur d'être au Théâtre-Français, le premier de l'Europe, j'ai presque dit de l'univers; que l'honneur de réciter des vers de Racine, Voltaire, Molière, Destouches, ne saurait s'acheter par trop d'efforts, de soins; qu'enfin ce lieu est consacré.

J'ai vu un jeune homme arriver un matin, et incognito, sur ce théâtre, en baiser les coulisses, les planches, les mouiller de ses larmes, et partir aussitôt en province, où je sais qu'il s'évertue. Il reviendra un jour sur le Théâtre-Français, et sans doute pour y briller. Je sais son nom, mais je le tais; il faut laisser à ce bon jeune homme toute la gloire de son entreprise; c'est à lui seul à se faire connaître.

Acteurs et actrices, j'ai parlé.

Sans doute vous invectiverez ma petitesse. L'un se trouvera traité trop durement; l'autre me taxera d'insolence; il lacérera l'article que je lui aurai adressé. Mais tous auront tort, s'ils ne voient point mon tendre attachement pour eux, et mon amour pour le bel art qu'ils professent et honorent pour la plupart.

Oui, il faut honorer l'art dramatique, ou être avili par lui. C'est là...

Qu'il n'est point de milieu du médiocre au pire.

Malheur au jeune insensé qui, sans instruction, sans talent, ose s'avancer sur la scène. Quiconque n'y est poussé par les élans du génie, et soutenu par les conseils des maîtres, ne recueillera pour fruit de son imprudente audace, que des dégoûts, des humiliations sans nombre; il deviendra le jouet du public; la misère, la honte le suivront et lui rendront la vie insupportable (1).

Concluons. L'état de comédien est, de tous, celui où il est moins permis d'être médiocre. Talma, Lafon, Fleury ou rien. Puisse leur réputation, justement méritée, exciter dans l'âme des jeunes débu-

---

(1) On a déjà remarqué que quelques hommes qui s'étaient retirés du théâtre, se sont trouvés inhabiles à remplir certains emplois dans la société, ou ils étaient comme déplacés. Ils avaient quitté le *pays des enchantemens*. Celui des *tristes réalités*, comme le travail, les soins, les occupations suivies ne pouvait leur plaire. Ils ont été finir leurs jours à.... l'hôpital. O jeunes gens! écoutez Jean-Jacques, il vous crie : Apprenez un état, un métier; fuyez la poésie, la déclamation : craignez ces syrènes. Soyez des hommes utiles. Rabotez les planches, mais ne montez pas dessus.

tans cette véritable ardeur si favo-
rable aux succès, et qui, presque
toujours, rend digne de les obte-
nir l'artiste animé par elle. Il est si
glorieux de se distinguer dans la
profession que l'on a embrassée,
et si flatteur de pouvoir se dire :
*J'en ai déjà passé ; j'en puis passer
encore. Pourquoi mon égal irait-il
plus loin que moi ?*

ARTICLE XXX.

A MM. les compilateurs , mais gens de goût.

MESSIEURS , vous qui visez aux grandes spéculations , et qui travaillez par entreprise ; je vais vous faire part d'une idée qui m'est venue dans le jardin d'un de mes libraires , et en présence de la veuve de défunt *Geoffroy*, de critique mémoire. Je parlais à cette dame, sorte de petit lutin spirituel , qui eut toujours un grand ascendant sur son époux.

Souvent elle l'arrêta lorsque, par un trait acéré , il allait stimuler tel acteur, ou mettre à mort tel auteur déjà étourdi d'une chûte;

elle lui faisait voir que cet *homme
à terre* voulait des ménagemens ;
elle émoussait le trait , qui alors
ne blessait plus , et l'auteur se re-
levait ... pour retomber plus tard.

Quoi qu'il en soit, j'étais en présence de madame Geoffroy. je lui
parlais de son mari , à qui j'avais
dit à certaine époque, à l'impro-
viste :

Commentateur du plus parfait tragique,
Toi, dont le style aisé, vif, énergique,
Peint ton génie et sa fécondité,
Comment peux-tu braver l'aridité
De ton travail, montrer à chaque aurore
Que ton talent se renouvelle encore ?
Comment peux-tu ne pas nous laisser voir
Cette froideur d'écrivain par devoir,
Et qui, forcé d'achever un volume,
Languissamment tient et conduit la plume ?
Restreint au cercle étroit du feuilleton,
Comment peux tu toujours changer de ton,
Et ne jamais te répéter toi-même ?

Vous avez dit cela à mon mari ?
reprit la dame en m'interrompant.
—Oui, et en mauvais vers, comme

vous venez de les entendre.—Ah!
monsieur! Là-dessus force larmes;
et moi de consoler en louant le défunt, et en témoignant mon indi-
gnationde ce que vous, messieurs,
n'aviez pas encore songé à réunir
en un corps d'ouvrage tous *les
Feuilletons de Geoffroy.* Je promis
à sa dame de vous stimuler, et
c'est ce que je fais aujourd'hui.

D'abord, messieurs, il y a bien
en France dix mille acteurs et
actrices qui aiment sincèrement
leur art..... Donc voilà dix mille
exemplaires de placés. Vous pren-
drez la collection des Feuilletons,
et vous armant de ciseaux, comme
vous faites si bien pour l'Histoire,
ou pour Buffon, ou pour Jean-
Jacques, soudain nous verrons
paraître en corps d'ouvrage les
les leçons du sévère, mais regret-
table critique.

Vous donnerez pour titre à votre composition , celui de *Code théâtral*, ou de *Manuel du Comédien*, et je vous garantis un succès complet. Songez - y , MM. *Cousin d'Avallon*, *Gassier* et autres ; vous mériterez bien des comédiens : ceux de Paris vous donneront peut-être vos entrées ; ceux de province vous feront complimenter dans les feuilles départementales, et vous rendrez grâce au *petit homme noir* de vous avoir si bien conseillés.

Gloire et profit ! que pouvez-vous désirer de plus ? Vous avez multiplié les in-18, vos œuvres se trouvent partout, partout on vous lit ; deux rayons de la bibliothèque royale ont été remplis par vous. Vos petites *vies abrégées*, vos *ana* volent en cent lieux différens avec vos noms. Faites maintenant quatre beaux in-8°. des douze années du Feuilleton. Dispensez le tout à votre idée , et prévenez d'avance telle actrice ou tel acteur , que vous allez reproduire au jour telles louanges ou telles critiques de Geoffroy ; ce seul avertissement vous vaudra , j'en suis certain , et des prières et des récriminations mais soyez impassibles , et n'omettez rien d'essentiel. Je verrrai un jour votre travail , et je saurai bien vous dire si vous avez servi l'art que Geoffroy voyait seul , ou les artistes à qui il ne devait que la vérité.

FIN.

www.ingramcontent.com/pod-product-compliance
Ingram Content Group UK Ltd.
Pitfield, Milton Keynes, MK11 3LW, UK
UKHW020209130726
13696UKWH00002B/804